L'hôtel des 4 saisons

UN HIVER BLANC FRISSON

Du même auteur, dans la même série :

Un printemps vert panique
Un été bleu cauchemar
Un automne rouge sang

Du même auteur, en Rageot Romans :

BANGOR

L'orphelin de la lande
Sur les toits de Paris
La fortune à tout prix

L'hôtel des 4 saisons

HEURE NOIRE

UN HIVER BLANC FRISSON

PAUL THIÈS

RAGEOT

Cet ouvrage a été imprimé sur un papier
issu de forêts gérées durablement,
de sources contrôlées.

Direction artistique : Françoise Maurel

Couverture de Yannick Nory.

ISBN 978-2-7002-5215-6
ISSN 1766-3016

Blanc de neige

L'hiver blanchit Paris. Il n'a pas fait aussi froid depuis des années. Des blocs de glace flottent sous les ponts et des oiseaux égarés se posent sur les bassins gelés.

L'hôtel des Quatre Saisons, rue de Seine, ressemble à un énorme cadeau de Noël. La neige recouvre le toit, le givre argente les fenêtres. Des guirlandes de houx pendent de l'enseigne métallique qui représente quatre arbres portant fleurs, fruits, feuilles et flocons.

Un groom de seize ans se tient à la disposition des clients dans le salon des cygnes, près de la grande horloge de chêne. Il s'appelle Martin Malivert. Il est vêtu d'un uniforme blanc et d'une toque blanche. Il a les cheveux blonds et les yeux bleus, comme un page surgi d'un conte d'Andersen.

Martin consulte discrètement sa montre et sourit aux anges. Il déplie un chiffon et astique soigneusement le cadran de l'horloge. Il a envie de souffler sur les aiguilles pour accélérer le temps. Aujourd'hui la vie est belle ! Il voudrait danser dans les rues, attraper des flocons de neige et les changer en diamants.

Une magnifique limousine s'arrête devant l'hôtel. Le chauffeur en sort, ouvre la portière à une femme blonde enveloppée d'une somptueuse fourrure blanche. Une jeune fille la suit. Elle ressemble beaucoup à sa mère.

Elle a l'âge de Martin.

Martin l'attendait ! Il est amoureux d'elle, depuis des mois.

Le garçon se précipite dans la rue, s'approche de la voiture, le cœur battant, salue timidement les arrivantes.

La femme s'appelle Alexandrine Desmoulins et sa fille Marie-Décembre. Un nom de saison ! Mme Desmoulins, une riche femme d'affaires canadienne, passe plusieurs semaines par an en France.

Sa fille et elle possèdent les mêmes yeux bleus. Pourtant... le regard de Marie-Décembre est doux et tendre, celui de sa mère distant, calculateur.

Martin s'incline avec déférence devant Mme Desmoulins.

– Bienvenue à Paris, murmure-t-il respectueusement.

Elle ne lui accorde qu'un bref coup d'œil mais Marie-Décembre dévisage le groom avec la drôle de mimique qu'elle lui réserve toujours : beaucoup de tendresse et un brin d'ironie.

– Bonjour Martin ! Je te souhaite un joyeux Noël d'avance !

Le groom s'incline de nouveau, très heureux. Marie-Décembre ne l'a pas oublié, il en a la certitude.

Le chauffeur dépose sur le trottoir les bagages des voyageuses : une demi-douzaine de valises et de malles de cuir, sans compter les cartons à chapeaux.

– Notre suite est-elle prête ? demande la Canadienne d'une voix autoritaire. Le voyage m'a fatiguée.

– Bien sûr madame, répond le groom. La suite numéro six, comme d'habitude.

Il saisit deux valises et grimace malgré lui. Elles sont drôlement lourdes !

– Pfff... Que contiennent-elles ? glisse Martin à Marie-Décembre.

– Un éléphant dans la valise droite et un rhinocéros dans la valise gauche, lance-t-elle en riant. Pourquoi ?

– Les animaux sont interdits aux Quatre Saisons, réplique Martin du tac au tac.

– Courage, Martin ! s'exclame Marie-Décembre. Je cache peut-être un cadeau pour toi là-dedans.

Le groom s'empourpre. Il rougit facilement. Et en plein hiver, il ressemble à une tomate dans la neige.

– C'est vrai, mademoiselle ? C'est très gentil !

– Et si je plaisantais ? le taquine Marie-Décembre, narquoise.

Le visage mobile, un peu naïf, de Martin s'assombrit. Il baisse le nez et marmonne :

– Vous en avez le droit, mademoiselle. Vous êtes une cliente, après tout.

Prise de remords, Marie-Décembre saisit la main du garçon et promet :

– Tu verras. Tu l'adoreras, ton cadeau.

Il fait si froid que le givre craque dans les gouttières. Le gel grignote les branches des arbres… et les oreilles du groom, mais Martin s'en fiche. Son amie l'aime toujours !

Il franchit tant bien que mal la porte à tambour, suivi par deux bagagistes chargés des autres malles. C'est vraiment lourd mais peu importe : Marie-Décembre est revenue !

Conciliabule

Martin dépose les valises devant le dressing de la suite numéro six et redescend aussi vite que possible. Mme Desmoulins discute avec M. Clérard, le directeur des Quatre Saisons.

Le directeur est un homme grand, mince et sec. Pourtant il multiplie les courbettes ! Mme Desmoulins connaît de grands artistes, des hommes politiques, des princes et des cardinaux. Clérard tient à sa clientèle.

Le garçon en profite. Il s'approche de Marie-Décembre et lui demande discrètement :

– Vous resterez longtemps à Paris, mademoiselle ?

– Tout dépend de ma mère, répond Marie-Décembre à mi-voix.

Elle avance de quelques pas pour admirer le salon des cygnes. Les flammes dansent dans la grande cheminée et se reflètent sur les aiguilles de bronze et le balancier de cuivre de la vieille horloge.

– Rien n'a changé, constate la jeune fille avec satisfaction. Toi non plus, Martin, tu n'as pas changé.

Des cygnes blancs en bois sculpté décorent le plafond. Marie-Décembre les montre au garçon et remarque d'un ton énigmatique :

– Tu leur ressembles.

– Moi ?

– Tu n'aimes pas toujours ton métier de groom, n'est-ce pas ?

– C'est parfois dur, avoue Martin.

Il hoche la tête, brusquement submergé par ses souvenirs. Ses parents possédaient une belle maison, à Paimpol, en Bretagne.

Son père, Jean Malivert, était écrivain et sa mère l'aidait à diriger leur maison d'édition. Maintenant il est orphelin et ses tuteurs l'obligent à travailler.

– Tu me fais penser à un prince changé en cygne, Martin, un fils de roi devenu l'esclave d'une sorcière, continue Marie-Décembre. Mais un jour une princesse te délivrera.

Le garçon rougit de nouveau. Marie-Décembre se moque souvent de lui, toutefois elle glisse une gentillesse dans chacune de ses plaisanteries.

Le feu crépite et craque dans la cheminée de la suite numéro six. Les meubles Art Nouveau datent du début du XXe siècle. Les fauteuils et les vases, les divans et les lustres évoquent des plantes délicates. Les panneaux peints accrochés aux murs représentent des femmes entourées d'orchidées et de ronces enchevêtrées. Elles ressemblent un peu à Alexandrine Desmoulins : très belles, fascinantes, énigmatiques.

Mme Desmoulins et sa fille restent seules. La voyageuse observe pensivement sa fille.

– Ton joli groom blond t'aime toujours autant, affirme-t-elle.

Marie-Décembre jette à sa mère un regard étrange, à la fois craintif et implorant. Elle se rapproche de la cheminée, comme si elle avait froid.

– Toi aussi, tu l'aimes bien? murmure-t-elle.

– C'est un garçon utile, répond Mme Desmoulins d'un ton sec.

– Mais tu ne lui feras pas de tort? insiste Marie-Décembre d'une voix suppliante.

– Regarde ça, ordonne Mme Desmoulins en lui tendant une photographie.

Marie-Décembre obéit. La photo représente un homme de haute taille debout près d'un arbre, dans un parc. Il porte un manteau en poil de chameau et contemple la berge d'un lac.

– Qui est-ce?

– Un Anglais. Pour le moment il occupe la suite douze, à quelques pas de nous. Il s'agit de Sa Grâce Simon Lagardie de Fergoë, septième duc de Ravensfield. Il possède une fortune immense, des châteaux, un magnifique hôtel particulier à Londres, un autre à Paris, près du parc Monceau et même un palais sur le Grand Canal, à Venise.

– Et il loge ici ? s'étonne la jeune fille.

– Il a ses raisons.

Mme Desmoulins rit doucement :

– Sa Grâce a des projets... et moi les miens. Il me sera utile.

Elle hoche la tête. Ses yeux bleus étincellent, durs et calculateurs.

– Utile, répète-t-elle. Comme Martin.

Au même instant, un garçon passe dans le couloir, devant la suite numéro six. Il a l'âge de Martin mais ne porte pas d'uniforme, seulement un tablier taché de graisse. C'est le jeune plongeur qui travaille aux cuisines. Il lave la vaisselle et astique l'argenterie. Il vient de monter du bois pour les cheminées de l'étage.

La porte de la suite est restée entrouverte. Le garçon s'arrête un instant, l'oreille tendue. Il reconnaît la voix de Marie-Décembre.

– Je ne veux pas que Martin sache que tu es une voleuse. Et je refuse qu'il devienne un voleur.

– Silence ! coupe sa mère. Tu m'obéiras, comme d'habitude !

Drôle de conversation... Le jeune plongeur, qui craint d'être surpris, s'éloigne, fort pensif.

Rendez-vous avec Louise

Noël approche. Le directeur de l'hôtel a chargé Martin de décorer un gigantesque sapin dans le salon des cygnes.

Le sommet de l'arbre touche presque le plafond. Martin, juché sur un escabeau de bois, y suspend des boules rouges et bleues, vertes et blanches qui brillent entre les branches comme des bijoux ou des fruits magiques.

Martin le rêveur aime les histoires anciennes qui parlent de lutins dans les caves, de farfadets au grenier ou de trésors dans la neige. Et les contes qui offrent une famille à chaque orphelin le soir de Noël.

Le groom dispose ensuite les guirlandes, orne la flèche du sapin d'une étoile puis cligne de l'œil aux enfants des clients, rassemblés près de la cheminée.

– Ça vous plaît ?

Les plus petits applaudissent mais les aînés se plaignent :

– Et les cadeaux ?

– Ils arriveront le jour de Noël, promet le garçon.

– Comment ? insistent les enfants.

– En traîneau ou en tapis volant, en hélicoptère ou en patins à roulettes... chantonne le groom en accrochant une dernière décoration.

Pendant ce temps-là, Mehdi transpire aux cuisines. Il remplit les casseroles, vide les poissons, plume les volailles. Il ouvre les huîtres en ronchonnant et ferme les yeux en épluchant les oignons.

Mehdi ben Mourad est le meilleur ami de Martin. Les deux garçons sont entrés aux Quatre Saisons le même jour, l'un comme groom et l'autre comme plongeur. Ils s'entendent à merveille, presque comme deux frères. Leur amitié leur est précieuse au quotidien, et jusque dans les situations périlleuses. Car l'hôtel des Quatre Saisons attire l'aventure.

Et parfois la mort...

Le commissaire Langoisse en sait quelque chose. Il travaille pour la Brigade criminelle et Interpol et il leur a déjà sauvé la vie à tous deux.

Mais l'hôtel porte aussi bonheur.

Martin y est tombé amoureux de Marie-Décembre Desmoulins.

Et Mehdi de Louise Langoisse, la fille du commissaire.

Il a justement rendez-vous avec elle. Il dispose en général de quelques heures entre la vaisselle de midi et celle du soir. Puisque aujourd'hui c'est l'anniversaire de Louise, Mehdi l'invite au Flore, le célèbre café de Saint-Germain-des-Prés, le quartier des artistes et des écrivains.

Le plongeur fonce jusqu'à la petite chambre de Martin, au dernier étage. Il a préparé à l'avance ses plus beaux habits : un pantalon et une chemise, un blouson et des mocassins.

Mehdi se regarde dans la glace en sifflotant. Avant, il préférait les couleurs voyantes, les survêtements du genre sportif américain. Il a changé depuis qu'il connaît Louise. Elle l'a transformé. Louise s'habille toujours comme l'as de pique mais pour son Mehdi, elle a des goûts terriblement classiques. C'est comme ça !

Mehdi sort par la porte de service, rue des Quatre-Vents. Il grimace : il fait vraiment froid !

Soudain, il reçoit une boule de neige dans la figure. Il se retourne imprudemment... Et vlan ! Un deuxième projectile s'écrase sur son nez. C'est Louise, surnommée Louise-Louve, car elle n'a pas toujours bon caractère. Une passionnée de romans policiers et le pire garçon manqué de Paris ! Elle a des cheveux bruns coupés à la diable et des yeux noisette plus vifs que ceux d'un écureuil. Elle porte une parka trop grande pour elle et sa fameuse casquette de tweed inclinée sur l'œil. Elle ne la quitte jamais !

Mehdi avale une bouchée de neige, étouffe un éternuement et grommelle :

– Je vais te massacrer !

– Des promesses, toujours des promesses, rigole Louise.

Elle se baisse rapidement, empoigne un gros paquet de neige, se redresse… et reçoit à son tour une magnifique boule de neige en plein visage. Sa casquette dégringole sur le trottoir.

– Chacun son tour ! triomphe Mehdi. Bon anniversaire !

Louise-Louve connaît déjà le Flore mais Mehdi se sent intimidé au milieu des clients bien habillés, bronzés même en hiver, qui partent en vacances avant les autres. Ils reviennent du ski ou d'une île ensoleillée, à l'autre bout du monde.

Au-dehors, les passants flânent devant les vitrines des librairies. Des femmes aux allures de top models sortent des boutiques de luxe et hâtent le pas devant l'église au toit pointu. Mehdi n'en mène pas large. Cet endroit est trop chic pour lui.

Tant pis ! Il escorte Louise jusqu'à une table libre et commande des jus de fruit d'une voix mal assurée.

Louise-Louve, très à l'aise, savoure sa boisson. Ses yeux brillent d'impatience et de malice.

– Alors, et mon cadeau ? demande-t-elle joyeusement.

– Tiens ! Bon anniversaire, marmonne Mehdi en lui tendant brusquement un paquet.

Louise-Louve en sort un livre.

– *L'Île des morts*, de P.D. James. C'est un roman policier écrit par une Anglaise, explique Mehdi, et dont l'héroïne est une femme. Je pense que ça te plaira.

– Sûrement ! Tu es chic !

– Non, je t'aime, réplique simplement le garçon. Et je te dois beaucoup.

Le petit plongeur regarde autour de lui et avoue :

– Il y a six mois, à mon arrivée aux Quatre Saisons, je n'aurais pas su quoi dire à une fille comme toi ! Tu m'encourages. Tu m'inspires !

Il se tait, heureux d'avoir trouvé les mots justes. Louise ne répond pas. Elle le contemple avec une affection tranquille.

– Tu m'as appris tout ça, continue Mehdi. Toi et...

Il se tait brusquement. Louise-Louve devine de qui parle son ami :

– Tu penses à monsieur Sartahoui ?

Mehdi hoche la tête. Sélim Sartahoui est un ancien client de l'hôtel. Il a vécu aux Quatre Saisons pendant plus de trois ans. Mehdi le prenait pour un riche magnat du pétrole. Il s'agissait en réalité d'un professeur d'université contraint à l'exil politique car le président de son pays voulait le faire assassiner. Maintenant M. Sartahoui est parti et Mehdi le regrette beaucoup.

– Bon ! grogne le jeune plongeur. Je ne suis pas un rêveur comme Martin, moi ! D'ailleurs il m'inquiète un peu, Martin, à cause de Marie-Décembre...

Mehdi révèle à son amie la conversation qu'il a surprise devant la suite de Mme Desmoulins.

– Je me demande ce que cela signifie. Elles parlaient de voleurs, et aussi de Martin. Tu le crois en danger ?

– Tu es sûr que tu as bien entendu ? murmure Louise.

– Non... avoue Mehdi.

– Tu t'es probablement trompé ! décide Louise-Louve. Ne lui dis pas que tu soupçonnes Marie-Décembre de quoi que ce soit, il aurait du chagrin.

Elle tapote le livre qu'il lui a offert.

– C'est ma faute ! assure-t-elle. Je te saoule avec les enquêtes de mon père et je te raconte trop de romans policiers !

Un diamant de trop

L'hôtel des Quatre Saisons affiche complet. Des touristes du monde entier fêtent Noël à Paris.

Martin court dans tous les sens pour satisfaire les clients : cocktails et messages, journaux et cigares, chaussures à cirer, rendez-vous à confirmer et fleurs à livrer.

Une des lampes du tableau d'appel s'allume : le client de la suite douze demande le groom. Il s'agit du duc de Ravensfield, un aristocrate anglais.

Chaque appartement des Quatre Saisons possède son propre style. Celui du duc est décoré à l'orientale. Les plafonds rappellent les coupoles des palais arabes ou andalous. Des mosaïques multicolores ornent les murs. Pour Martin le rêveur, cette suite évoque *Les Mille et Une Nuits*, les navires de Sindbad, la lampe d'Aladin. Il pense aux voyages de son père. Jean Malivert connaissait les remparts de Jérusalem et les mosquées de Damas…

– Que désire Votre Grâce ? interroge le groom.

Le duc, un homme de haute taille aux cheveux grisonnants, désigne une magnifique horloge posée sur le manteau de la cheminée. Une petite sculpture d'or entoure le cadran : un garçon et une fille qui s'envolent sur un tapis volant.

– C'est une Job Mooring ?

Martin ne comprend pas. Il garde un silence prudent.

– S'agit-il d'une horloge de Job Mooring, le maître-artisan du XIXe siècle ? demande le duc dans un français parfait.

– Je l'ignore, Votre Grâce.

Le garçon hausse les épaules et précise avec une pointe d'amertume :

– Je ne suis qu'un groom.

Martin se mord les lèvres. Il existe donc des fabricants d'horloges aussi célèbres que de grands peintres ou de fameux musiciens. Son père connaissait sûrement Job Mooring. Le duc tapote pensivement la pendule et explique :

– Un de mes cousins collectionne les horloges anciennes. Celle-ci l'intéresserait sûrement. Il dévisage Martin et ajoute avec une aimable condescendance :

– Allume le feu s'il te plaît. C'est pour cela que je t'ai sonné.

Le garçon s'agenouille devant la cheminée, dispose adroitement les brindilles, le petit bois et les bûches, glisse dessous quelques bandes de papier puis se relève en silence. Le duc dépose une pièce dans sa main. Martin remercie en rougissant. Il s'habitue mal aux pourboires.

Le garçon écarquille brusquement les yeux : un objet extraordinaire brille de mille feux à quelques pas de lui. Un diamant énorme, fabuleux...

La pierre précieuse, grosse comme une prune, scintille dans un écrin de velours noir posé sur une table, entre une pipe et une paire de gants de cuir. Ravensfield remarque l'étonnement de Martin.

– Prends-le si ça t'amuse, propose-t-il.

Martin n'ose même pas bouger le petit doigt.

– Cette pierre est une copie destinée aux expositions ou à des galas de charité, explique le duc. Le vrai diamant reste à l'abri dans un coffre-fort.

Martin cligne des yeux et se décide. Il s'empare du faux diamant et le soupèse au creux de sa main : la pierre est lourde et froide, comme une flamme de glace.

– Range-le dans ce tiroir à présent, ordonne Ravensfield. Je suis plutôt distrait et je l'ai déjà égaré plusieurs fois.

Martin s'exécute. L'Anglais ne s'intéresse plus à lui et le congédie d'un geste négligent. Martin quitte la suite vaguement étourdi, les yeux pleins d'étoiles.

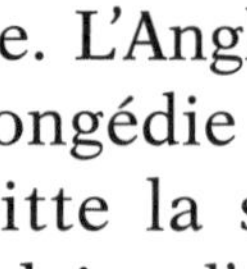

Quelques instants plus tard, il frappe doucement à la porte de l'appartement six. Marie-Décembre lui ouvre et sourit en voyant le plateau d'argent où le jeune groom a disposé une tasse et un pot de faïence.

– Votre lait chaud, mademoiselle, annonce Martin d'une voix grave.

Marie-Décembre n'a rien commandé mais elle attendait le lait.

Le groom des Quatre Saisons change de tenue quatre fois par an. Il porte un uniforme vert au printemps, bleu en été, rouge en automne et enfin une livrée blanche pour la saison d'hiver.

Aujourd'hui, Martin est vêtu de blanc, il apporte donc du lait à son amie. En été elle lui demandait du curaçao, à l'automne du jus de tomate. C'est un jeu entre eux : Martin lui sert toujours une boisson assortie à son uniforme.

Quand Mme Desmoulins entre dans la pièce, elle remarque le plateau et fixe longuement Martin. Il baisse les yeux car Mme Desmoulins l'impressionne. Marie-Décembre s'assombrit, recule jusqu'à la cheminée et s'immobilise, le dos au feu.

– Puisque tu es là, aide-moi à ranger mes affaires, ordonne la Canadienne d'une voix froide.

Les malles et les valises des voyageuses encombrent l'appartement. Martin en sort avec mille précautions des robes et des manteaux, des coffrets à bijoux et des flacons de parfum aux formes bizarres. Les affaires de Marie-Décembre sentent bon la violette et la verveine. Le garçon essaie de ne pas rougir. Mais il écarquille soudain les yeux, le souffle coupé.

Sur la commode, un diamant scintille dans un écrin de velours.

Le même diamant que celui du duc, lourd et glacé, taillé comme une étoile.

Martin lève les yeux. Son regard croise celui de Mme Desmoulins.

– Tu le reconnais, n'est-ce pas ? Tu as vu le même chez le duc. Je le devine à ton visage. Tu es un garçon observateur, et très intelligent.

Martin se mord les lèvres. Il n'ose pas répondre. Il n'en revient pas ! Est-ce que des joyaux fabuleux poussent partout dans l'hôtel comme des champignons ?

Mme Desmoulins élève le diamant en pleine lumière.

– Tu ne te trompes pas, Martin, continue-t-elle de sa voix calme. Mon diamant ressemble à celui du duc. Je sais qu'il en possède un. Je sais beaucoup de choses sur lui.

– C'est... un vrai ? marmonne le garçon.

– Non. Le duc de Ravensfield détient la véritable pierre qui a inspiré cette copie. On l'appelle l'Œil de Glace. C'est un des plus extraordinaires diamants du monde, il appartient à sa famille depuis trois siècles.

Martin, troublé, regarde Marie-Décembre, toujours silencieuse. Elle est très pâle. On dirait qu'elle craint quelque chose.

Mme Desmoulins se place soudain vivement entre sa fille et le groom, comme pour les empêcher de se parler :

– Je n'ai plus besoin de toi... pour le moment. Laisse-nous donc seules, ordonne-t-elle.

Martin, déconcerté, s'incline poliment et quitte la pièce. Il regagne le salon des cygnes, à pas lents. Il se pose des tas de questions à propos de Mme Desmoulins.

D'abord, personne ne parle jamais de *monsieur* Desmoulins. C'est curieux.

Et puis d'habitude, Martin connaît le métier des clients : banquiers ou artistes, chirurgiens ou diplomates. Alexandrine Desmoulins se prétend « femme d'affaires ». C'est vague.

Et Marie-Décembre, ne va-t-elle jamais en classe ? Elle arrive du Canada avec sa mère à n'importe quel moment de l'année...

Mais surtout, Martin se méfie de cette drôle d'étincelle dans les yeux de la Canadienne, une lueur à la fois calculatrice et décidée, réfléchie et narquoise ou même impitoyable.

Une étrange proposition

Martin devra travailler à Noël et au Nouvel An. Le directeur des Quatre Saisons lui accorde donc deux jours de vacances avant les fêtes.

Drôles de congés ! Martin les passe à aider les Lerond, ses tuteurs.

Richard et Hélène Lerond habitent au-dessus de leur épicerie, non loin du centre de Créteil. Martin déteste leur maison, un pavillon jaunâtre flanqué d'un minuscule jardinet.

Les épiciers entament l'inventaire de fin d'année et Martin trimballe depuis le matin des caisses d'eau gazeuse et des packs de bière, des kilos de boîtes de conserve et des sacs de riz. Des légumes secs. Du savon. Des paquets de lessive et du cirage.

L'oncle Richard, un homme maigre aux moustaches molles, prend des notes sur son calepin, tapote son ordinateur. La tante Hélène, une grosse femme à la voix dure, vérifie les livres de comptes.

Martin range dans un coin un carton bourré de piles électriques et se redresse en se massant les reins. Il jette un coup d'œil par la fenêtre et soupire. Il neige depuis des heures…

– Assez rêvassé, grogne l'oncle Richard.

– Toujours aussi paresseux, grince la tante Hélène. Et rêveur comme ton père. Tu finiras clochard, sous les ponts !

– L'argent ne pousse pas sous les sabots d'un cheval.

– Il ne pousse pas dans les arbres !

Les Lerond parlent souvent par proverbes. Ils aiment les gros billets et les expressions toutes faites. Martin se remet au travail.

Il évoque ses héros préférés pour se distraire : Oliver Twist et Cosette, Huckleberry Finn et Rémi dans *Sans Famille*, bref les orphelins exploités par des oncles atroces et des tantes barbares.

Et à midi, pas question de se reposer : Martin s'occupe du repas. Mehdi s'en tirerait sûrement mieux, au moins pour le dessert... Il a son C.A.P. de pâtissier, lui !

Martin se faufile parfois dans la cuisine des Quatre Saisons où travaillent Mehdi et surtout M. Lefèvre, le chef. Il les observe avec une sorte de convoitise. Ça lui plaît, ça l'impressionne.

Il décide de préparer un gigot, des flageolets et une tarte aux pommes. Un repas classique, mais savoureux.

Le garçon soupèse le gigot et sourit. Il adore le contact de la viande, son poids, son odeur. Il la masse un peu pour y enfoncer des gousses d'ail, comme s'il sculptait de la terre glaise.

Et voilà ! Le gigot dore dans le four. Encore dix minutes pour écosser les flageolets qui roulent entre ses doigts telles de drôles de perles, vingt autres pour étendre la pâte, éplucher et découper les pommes. Elles sentent bon, une odeur fraîche et acide.

Martin grignote un ruban de peau comme récompense puis sort le gigot du four, goûte la sauce et grimace de satisfaction : délicieux ! Il s'est vraiment donné du mal. Cette fois-ci, les Lerond seront contents de lui !

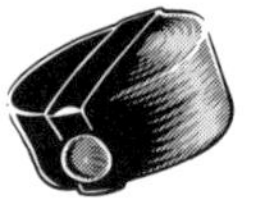

Hélas, les épiciers avalent le repas sans lui accorder le moindre compliment. Leur fils, Roger, un grand gaillard de vingt-six ans, se lève en coup de vent. Il a mangé trois fois plus que tout le monde !

– Bon, j'y vais ! J'ai une course cet après-midi.

Roger Lerond ne travaille guère car ses parents lui donnent beaucoup d'argent. Ils lui ont même offert une moto de compétition et depuis, il passe sa vie en courses et en rallyes. Quand Martin était petit, il lui servait de souffre-douleur.

– Tu t'en vas? Tu ne m'aides pas un peu, au moins pour la vaisselle? risque timidement le garçon.

– Tu me prends pour qui? ricane Roger en lui flanquant une taloche au passage. C'est toi le larbin!

Martin baisse la tête, repart à la cuisine et se dirige vers l'évier. Il jette un regard morose aux assiettes sales. Il se souvient de l'époque où il habitait Créteil avec eux. Il tondait la pelouse. Il balayait et rangeait l'épicerie. Il astiquait les carreaux. L'esclavage, quoi!

Mais tout à coup, la voix de l'oncle Richard interrompt la corvée :

– Martin! Viens ici tout de suite!

Le garçon se dirige vers le salon, une pièce prétentieuse encombrée de bibelots. Surprise! Mme Desmoulins est là! Elle semble parfaitement à l'aise. Elle sirote une tasse de café entre l'oncle et la tante. Les Lerond s'empressent autour d'elle avec des courbettes obséquieuses.

Mme Desmoulins porte un collier de perles digne de la Reine des Neiges.

Martin cache machinalement ses mains encore humides derrière son dos. La riche Canadienne l'intimide une nouvelle fois. Il se sent emprunté, maladroit.

– Bonjour Martin, déclare sans préambule Mme Desmoulins. J'expliquais à ton tuteur que tu es un garçon d'avenir. Qu'il faut te donner les moyens de réussir.

– Assieds-toi Martin, susurre l'oncle Richard en grimaçant un sourire.

– Le cher petit faisait la vaisselle ! Il est toujours prêt à rendre service, roucoule la tante Hélène.

Le garçon s'assied sur une chaise, interloqué. L'oncle et la tante n'ont jamais été aussi aimables avec lui. Mme Desmoulins les a hypnotisés !

– Je t'ai observé pendant mes séjours à l'hôtel, continue la Canadienne. Tu es très intelligent, Martin, tu ne resteras pas longtemps groom. Je désire t'aider, te faire quitter les Quatre Saisons pour aller vivre à Genève.

– Genève, en Suisse ? répète le garçon en pensant aux horloges et au chocolat, aux montagnes et aux banques.

– Mais oui. Tu travailleras une semaine sur deux à la réception d'un palace. Le directeur est un de mes amis. Le reste du temps, tu suivras les cours d'une école hôtelière de haut niveau.

– Mais... ça coûte sûrement très cher! bredouille Martin.

L'orphelin coule un regard méfiant vers ses tuteurs. Les Lerond n'accepteront jamais de financer ses études!

– Je m'en charge, assure la Canadienne. Je pense que tu le mérites.

Elle lui accorde un sourire à la fois protecteur et rusé, et ajoute :

– D'ailleurs ma fille t'aime bien.

Martin se mord les lèvres. C'est idiot mais il se sent vaguement déçu. Il aime tant Marie-Décembre. Leur aventure ressemble aux contes de fées où le pauvre orphelin adore la jolie princesse. Martin s'invente des histoires depuis des années, pour tromper sa solitude.

Alors, c'est peut-être ridicule mais, dans un vrai conte de Noël, Mme Desmoulins l'adopterait pour de bon puisqu'elle s'intéresse à lui. Elle l'emmènerait au bout du monde avec Marie-Décembre !

Tant pis ! Cette proposition est quand même alléchante. Le garçon regarde la Canadienne droit dans les yeux et déclare gravement :

– J'accepte votre offre. Merci beaucoup, madame. Je vous jure de travailler dur !

– Le cher petit, minaude à nouveau la tante Hélène.

– Si on fêtait ça ? renchérit l'oncle Richard. Martin ! Va chercher du mousseux au magasin.

Le garçon saute sur ses pieds. Son tuteur l'a dressé à obéir au doigt et à l'œil. Mme Desmoulins se lève calmement et déclare d'une voix brève :

– Inutile. Je dois rentrer à l'hôtel et Martin m'accompagne.

– Mais... et l'inventaire à finir ? proteste la tante.

– Et le garage à ranger ? continue l'oncle.

– Martin rentre avec moi, répète Mme Desmoulins d'un ton sans réplique. J'ai besoin de lui.

Mme Desmoulins conduit une belle voiture de location, longue et grise. Martin s'installe à côté d'elle, soudain mal à l'aise. Il se souvient de la méfiance qu'il a ressentie en découvrant le faux diamant, aux Quatre Saisons, de l'air gêné de Marie-Décembre et de l'expression implacable de sa mère.

– Pourquoi êtes-vous venue à Créteil ? demande-t-il d'une voix sourde.

– Je voulais connaître ta famille, explique Mme Desmoulins.

– Ah ? Pour leur dire que j'étais... euh... un garçon intelligent ? marmonne Martin.

– Je dois te connaître parfaitement, alors je désirais aussi les connaître, eux. Ils ne t'aiment pas, ils t'humilient depuis des années, n'est-ce pas ?

– Ben... oui, chuchote l'orphelin.

– Ta vie changera grâce à moi, promet Mme Desmoulins de sa voix étrange, prenante et glaciale à la fois. Tu seras riche et libre, mais il faudra m'obéir.

– À Genève ?

– Non. Ici, aux Quatre Saisons. Et avant le Nouvel An.

Martin se tait. Il ne sait toujours pas pour quelles raisons Mme Desmoulins a rendu visite aux Lerond. Ce qui est certain, c'est qu'elle enquête sur lui et sur sa famille.

Tentation

La voiture de Mme Desmoulins rentre dans Paris. Ses roues écrasent la neige sale et gluante. Martin contemple en silence les façades grises et glacées.

– À quoi songes-tu? lui demande Mme Desmoulins.

– Je me disais… euh… que j'aime bien la neige. Elle me fait penser au Canada, et à Marie-Décembre.

Le garçon se tourne vers la conductrice. Il voudrait lire ses pensées.

– Vous allez vraiment m'aider ? risque-t-il timidement. Genève, le palace... Ça me paraît trop beau pour être vrai.

– Ma fille a raison : tu es aussi malin que mignon ! affirme Alexandrine Desmoulins en ébouriffant les cheveux blonds de l'orphelin.

Le garçon rougit terriblement. Un véritable incendie !

– Tu es très intelligent, continue la Canadienne d'une voix plus dure. J'ai besoin de toi, Martin. Je me chargerai vraiment de ton avenir si... tu me rends service. Te souviens-tu de l'Œil de Glace, chez le duc de Ravensfield ? C'est un faux. Mais le vrai diamant lui appartient aussi. Une légende raconte que des dragons le protégeaient sur une île interdite. Ensuite il a fait partie du trésor des sultans de Samarkand.

Martin sourit malgré lui. Il adore ce genre d'histoire !

– Je veux l'Œil de Glace ! lui révèle soudain Mme Desmoulins en l'arrachant brutalement à ses pensées.

– Mais...

– Tais-toi ! Écoute-moi ! exige l'aventurière. J'ai fait réaliser un faux diamant pour remplacer le vrai. Tu l'as déjà vu.

– Mais où est le vrai ? s'informe machinalement le garçon.

– D'habitude il reste à Londres, dans la chambre forte d'une banque où personne ne peut s'en emparer. Mais en ce moment, exceptionnellement, il se trouve chez le duc de Ravensfield.

– Aux Quatre Saisons ?

– Non ! Dans l'hôtel particulier du parc Monceau qu'il partage avec son frère, lord Benjamin Lagardie. Le duc doit montrer le diamant à un certain Drake de Vergara, un autre milliardaire qui l'achètera peut-être. Il s'agit d'une affaire secrète et, en principe, nul n'est au courant. C'est la raison pour laquelle le duc séjourne aux Quatre Saisons et non dans son hôtel particulier.

– Mais comment êtes-vous au courant, vous ?

– Je prépare toujours mes opérations longtemps à l'avance. Je sais que le diamant est à Paris pour très peu de temps, et beaucoup moins protégé qu'à Londres. Il ne reste qu'à échanger ma copie contre l'original.

La mère de Marie-Décembre est donc une voleuse… Martin voudrait protester, hurler son chagrin et sa déception. Et il se révolte brusquement :

– Je refuse ! Je peux vous dénoncer au duc, à la police !

– Alors j'irai en prison, tranche la Canadienne, et Marie-Décembre dans un orphelinat. C'est ce que tu souhaites ?

Marie-Décembre enfermée ? Loin de lui ? C'est impossible ! Martin baisse la tête, vaincu.

Mme Desmoulins, qui lui jette des coups d'œil tout en conduisant, change soudainement d'attitude. Elle lui sourit avec tendresse, presque comme une mère.

– Je t'observe depuis quelque temps, lui confie-t-elle. Tu es effectivement intelligent et courageux. Tu mérites mieux que ta vie de groom. Et mieux que ta famille. C'est pour ça que je voulais connaître les Lerond. Si tu m'aides, je tiendrai mes promesses.

Ta vie changera. Tu étudieras et tu t'instruiras. Tu seras le meilleur ami de Marie-Décembre, tu deviendras mon fils.

Martin ose à peine respirer. Son cœur bat à tout rompre. Le conte de fées est à portée de main ! Mme Desmoulins est belle et riche, merveilleuse, pareille à une reine de légende. Elle tient son avenir entre ses mains. Elle va l'emmener, l'adopter.

S'il accepte de devenir un voleur.

– Descends ici, reprend Mme Desmoulins en arrêtant la voiture. Marche un peu et réfléchis.

Elle pose sa main sur la joue de l'orphelin. Martin, ému, a de nouveau envie de pleurer.

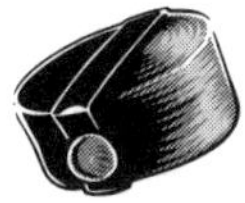

La voiture grise s'éloigne dans la pénombre, semblable à un carrosse enchanté.

Martin regarde autour de lui. Mme Desmoulins l'a déposé au bas des Champs-Élysées.

Il est cinq heures du soir. La nuit tombe, les guirlandes des arbres s'allument le long de l'avenue. Des sapins blancs de neige artificielle décorent le rond-point. De grosses boules rouges scintillent entre leurs branches. C'est très beau, féerique.

Martin frissonne. Il porte un vieil anorak qui le protège mal du froid. Les passants le bousculent. Ils marchent vite, les mains dans les poches. Personne ne s'occupe de lui.

Il avance pour se réchauffer, longe les boutiques somptueuses de l'avenue Montaigne, se mêlant aux touristes. Il voit des perles et des diamants derrière des vitrines, des montres qui coûtent plus cher que son salaire de plusieurs années.

Martin marche longtemps. Le froid mord ses joues et ses mains. Il se retrouve finalement à son point de départ, au milieu des sapins magiques du rond-point. Il devine brusquement pourquoi Alexandrine Desmoulins l'a déposé là, sur les Champs-Élysées, l'un des endroits les plus luxueux au monde.

Pour le tenter…

Mme Desmoulins veut que Martin contemple de près les façades magnifiques et les beaux vêtements des magasins, les voitures de luxe et les lumières des palaces, qu'il en meure d'envie ! Alors il acceptera plus facilement de participer à ses étranges projets… Elle prévoit. Elle calcule. Elle manipule les gens comme les pièces d'un jeu d'échecs : M. Clérard, le duc de Ravensfield, Marie-Décembre sa propre fille.

Et Martin. Le jeune groom souffre peut-être mais pour l'aventurière, ça ne compte pas.

Les fausses clés

Martin habite une chambre minuscule, sous les toits de l'hôtel. Il aime cet endroit à peine plus grand qu'un dé à coudre. La fenêtre s'ouvre sur le jardin des Quatre Saisons avec sa fontaine de pierre dorée et ses vieux marronniers couverts de givre.

C'est là que Martin révèle à Mehdi les projets de Mme Desmoulins.

– … Je dois échanger les deux diamants, le faux contre le vrai. Voilà son plan ! conclut-il. Ça peut marcher, si j'accepte.

Mehdi n'en croit pas ses oreilles, même si le récit de Martin confirme la conversation qu'il a entendue par hasard. Il regrette l'absence de Louise-Louve. La fille du commissaire les conseillerait efficacement.

– Ça marchera, répète-t-il d'un ton pensif. Tu lui as reparlé depuis les Champs-Élysées ?

– Oui. Elle exige deux choses de moi : je dois m'acheter des chaussures neuves et trouver deux clés chez le duc.

– Des chaussures ? Des clés ? Je n'y comprends rien ! explose Mehdi. Elle est folle ! Tu finiras délinquant. Tu dois ab-so-lument prévenir le père de Louise-Louve. Il flanquera tout le monde en prison, ça simplifiera les choses !

L'orphelin soupire. Puis il se lève et caresse de la main les livres de son père, soigneusement rangés sur une petite étagère de bois.

– Sois raisonnable, insiste Mehdi. Je veux t'aider !

– Non merci, répond doucement Martin. Rassure-toi, je ne serai pas pris et je ne dénoncerai pas madame Desmoulins.

Marie-Décembre souffrirait trop. Moi aussi j'ai un plan, mais je me débrouillerai seul.

– Et pourquoi ? demande Mehdi stupéfait.

Martin réfléchit un instant. Ses sentiments l'étonnent lui-même. Il s'efforce de les démêler pour les expliquer à son ami.

– Tu te souviens de l'époque où des assassins traquaient monsieur Sartahoui ? Vous étiez en danger et tu refusais que je m'en mêle. Tu voulais le défendre seul.

– Oui.

– Eh bien moi c'est pareil. C'est... personnel. Je tiens trop à Marie-Décembre. Je dois me sortir seul de cette histoire. Tu comprends ?

– Je crois... Mais tu ne voleras quand même pas l'Œil de Glace ? s'inquiète Mehdi.

– J'ai mon plan ! répète Martin. Mme Desmoulins ne se doutera de rien jusqu'à ce que je lui remette le diamant.

– Elle n'a pas peur que tu la trompes ? Tu pourrais garder le vrai et lui rendre le faux ?

– Non. Elle est rusée, précise Martin. Son faux diamant porte une marque minuscule. On ne la remarque pas si on l'ignore mais Mme Desmoulins la connaît, bien sûr. C'est Marie-Décembre qui me l'a dit, en cachette.

– Ton histoire est compliquée, grogne Mehdi.

Martin hoche la tête. Mehdi a raison : cette aventure est dangereuse et plus qu'embrouillée, quoique passionnante ! Le jeune groom comprend mieux l'intérêt de Louise-Louve pour les romans policiers.

– Réfléchis ! lance-t-il à son ami. Il existe en réalité *trois* diamants en tout : le vrai, dans l'hôtel particulier du parc Monceau, le faux numéro un, sans marque, chez le duc, et le faux numéro deux, avec une marque, chez madame Desmoulins.

Martin se sent assez fier d'avoir si bien résumé la situation, toutefois Mehdi ne l'écoute plus avec autant d'attention. Il contemple pensivement les livres de son camarade. Il en saisit un qui évoque les grandes mosquées du monde, Istanbul et Damas, Jérusalem et Cordoue. Il le feuillette lentement.

– À quoi penses-tu ? lui demande Martin.

– J'ai revu monsieur Sartahoui, révèle Mehdi. La situation a changé dans son pays. Une révolution, ou quelque chose comme ça. Il n'est plus en danger, et il a même récupéré ses biens. Je voulais t'en parler, mais tu semblais si préoccupé, ces jours-ci...

– Je suis désolé, murmure Martin. Cette histoire de diamant me trotte sans arrêt dans la tête. J'ai peur, mais je réussirai !

Martin s'apprête à obéir à Mme Desmoulins pour mieux déjouer ses plans. Il doit s'introduire en secret dans la suite du duc. Ce dernier quitte en général l'hôtel d'assez bon matin et revient en fin d'après-midi.

Martin aide fréquemment les femmes de chambre à disposer les vases de fleurs ou à distribuer des boîtes de chocolats dans les suites. Le garçon se glisse donc dans l'appartement douze un peu avant midi. La femme de chambre est sortie chercher des draps propres.

Mme Desmoulins lui a confié deux capsules remplies de cire molle. Il suffit d'y presser une clé pendant quelques secondes pour faire une empreinte, et plus tard des copies. La Canadienne lui a dit où trouver les clés qu'elle convoite : dans un joli secrétaire en bois des îles, juste à côté de la fameuse horloge anglaise.

Le garçon ouvre le meuble, le cœur battant, et découvre un trousseau de clés. Il choisit celles que Mme Desmoulins a décrites : l'une fort ancienne, longue et lourde, l'autre plate, brillante, presque carrée. Le garçon les applique dans les capsules de cire puis les remet rapidement en place. Il furète quelques instants dans la chambre avant de la quitter d'un pas vif juste au moment où la femme de chambre revient avec le linge propre. Il était temps !

Martin doit aussi s'acheter des chaussures neuves, marron ou noires, à condition qu'elles coûtent cher.

Et il faut des chaussettes assorties ! Mme Desmoulins a beaucoup insisté. Elle a ordonné à Marie-Décembre de l'accompagner pour guider son choix.

Les deux adolescents profitent d'un après-midi de congé du groom. Ils se retrouvent entre les Galeries Lafayette et le Printemps. Marie-Décembre porte un manteau magnifique et Martin, pour une fois sans uniforme, le vieil anorak qui appartenait naguère à Roger Lerond.

Des enfants emmitouflés dans des écharpes et des bonnets multicolores contemplent, émerveillés, les vitrines de Noël. Des bestioles en peluche animées par des ressorts s'agitent dans tous les sens. Des chats se promènent sur des toits et des chiens font la cuisine, des souris feuillettent des livres d'images et des ours sautent à la corde. Il y a même un lapin qui nage dans une marmite ! Seules ses oreilles dépassent.

Les gamins appuient leur nez aux vitrines et rient aux éclats. Martin et Marie-Décembre rient aussi, heureux ensemble. Ils oublient un instant l'Œil de Glace et le duc de Ravensfield.

Les chaussures et les chaussettes sont vite achetées. Martin admire la façon désinvolte dont Marie-Décembre discute avec les vendeurs. Elle a l'habitude des magasins de luxe ! Le garçon paie avec l'argent alloué par Mme Desmoulins puis invite son amie dans un café, juste en face des grands magasins.

– Je t'offre un chocolat chaud ! déclare-t-il avec une pointe de fierté.

Ils boivent en silence. D'abord, ils n'osent pas parler du diamant, de l'avenir. Martin pose sa tasse et se décide enfin :

– Ta mère est une voleuse.

– Oui...

– Raconte-moi ! Explique-moi ! supplie le garçon.

– Ça a débuté il y a très longtemps, commence Marie-Décembre. Mon père et ma mère se sont rencontrés à Montréal. Ils essayaient de voler le même tableau dans un musée !

– Et lui ? Où est-il ? En prison ? demande Martin en s'attendant au pire.

Il imagine déjà des assassins cagoulés ou les tueurs de la Mafia.

– Non. Mes parents se sont séparés quand j'étais toute petite. Ma mère se fait passer pour une veuve. Quant à mon père, je ne l'ai jamais revu, souffle Marie-Décembre.

– Ah... C'est triste. Et toi ? Tu voles aussi ?

– J'accompagne ma mère depuis très longtemps, avoue l'adolescente. Tu comprends, une veuve avec sa fille, c'est moins suspect. Et puis je l'aime, et elle m'aime ! continue Marie-Décembre d'une voix farouche. On ne se sépare jamais ! Elle dit que je lui porte bonheur. Elle n'ira pas en prison !

Dehors, des pères Noël de toutes les tailles, avec leur fausse barbe et leur ventre postiche, agitent des clochettes, distribuent des prospectus, ou vendent des cartes de vœux. Les petits enfants s'accrochent à leur manteau rouge en sautillant d'excitation.

– C'est une drôle de vie, admet Marie-Décembre. Nous avons une belle maison au Canada, sur une île en face de Vancouver. Et pendant nos voyages, nous habitons toujours les mêmes hôtels : les Quatre Saisons à Paris, d'autres à Londres ou à Tokyo. Maman a des amis partout.

– Tu veux dire des complices ? marmonne Martin avec amertume. Des escrocs, des faussaires !

Marie-Décembre prend la main de Martin, presque timidement.

– Tu es déçu ? Tu as honte de moi ? Ma mère n'a jamais tué ni blessé personne ! Et quand je serai adulte, tout sera différent !

Elle se force à sourire :

– Je deviendrai peut-être directrice d'hôtel... Et tu m'obéiras au doigt et à l'œil !

Martin lui rend son sourire, malgré lui, et, pour une fois, Marie-Décembre rougit aussi fort que Martin !

– Tu ne la dénonceras pas, dis, supplie-t-elle.

– Jamais ! Je ferai n'importe quoi pour toi ! jure Martin. N'importe quoi !

L'avertissement du commissaire

Aujourd'hui c'est Noël et Martin travaille. Pas de fête pour lui, pas de cadeaux.

Les Lerond ne lui téléphonent même pas. Ni vœux, ni joie, ni famille. Tant pis ! Le garçon a l'habitude. Debout au milieu du salon des cygnes, il contemple la cheminée. Les flammes se reflètent dans les boutons dorés de son uniforme blanc et les boules multicolores du sapin. Il rêve aux cadeaux qu'il n'a jamais reçus. Certains clients sourient au garçon blond et mélancolique qui ressemble aux orphelins des contes et histoires de Noël.

À cet instant, la comtesse de Garrivier s'approche du garçon. Elle lui glisse une enveloppe dans la main.

Mme de Garrivier est une très vieille dame. Elle habite les Quatre Saisons depuis plus de trente ans. Elle apprécie beaucoup Martin et bavarde volontiers avec lui. L'orphelin l'aime bien, lui aussi, mais il n'oublie jamais qu'il n'est qu'un groom obéissant, et la comtesse une cliente richissime.

– Joyeux Noël, Martin.

– Joyeux Noël, madame, répond le garçon en s'inclinant.

Elle lui caresse doucement la joue, comme d'habitude, puis s'éloigne à pas lents. Martin glisse l'enveloppe dans sa poche. Elle contient ses étrennes : un billet de cinquante euros.

Le garçon reprend son poste à côté du sapin. Quelques-uns des enfants qui logent aux Quatre Saisons se précipitent sur les cadeaux offerts par la direction de l'hôtel à ses jeunes clients et enveloppés par le groom. Ils ont enfin le droit de les ouvrir. Et ce soir, leurs parents leur en donneront beaucoup d'autres !

La fille du chef d'orchestre autrichien a cinq ou six ans. Elle bat des mains en découvrant une poupée emballée dans du papier rouge.

– C'est toi qui m'as apporté ça ? Tu es le père Noël ?

– Non mademoiselle, regrette Martin dans un allemand hésitant.

Une autre enfant s'approche. Son père est un riche ingénieur belge. Elle déballe son cadeau avec avidité mais grimace devant un cheval en peluche.

– Ça ne vous plaît pas ?

– Mon père en a des tas, répond-elle avec mépris. Des vrais dans une grande prairie ! Il m'a même acheté un poney pour moi toute seule, alors ta peluche minable, tu peux la garder !

Martin lève les yeux au ciel. Quelle peste !

Les fillettes s'éloignent et le groom fronce brusquement les sourcils. Mme Desmoulins l'observe. Ses yeux bleus ne cillent pas. Elle lui tend une enveloppe et quitte le salon.

Martin, très intrigué, s'arrange pour l'ouvrir discrètement.

Elle renferme un luxueux carton d'invitation aux armes des Lagardie, la famille du duc de Ravensfield. Martin lit machinalement les premières lignes :

Lord et Lady Lagardie
vous prient de bien vouloir
honorer de votre présence
le bal masqué
qui aura lieu...

Martin tremble un peu : il est invité chez lord Benjamin Lagardie, le frère du duc, pour le réveillon du Nouvel An. C'est sûrement à ce moment-là que Mme Desmoulins volera l'Œil de Glace.

Avec son aide.

Marie-Décembre s'approche à son tour de Martin. Elle porte une très belle robe grise et blanche. Elle lui offre un talisman indien : un trèfle à quatre feuilles orné de quatre jolies pierres mates, une rouge, une verte, une bleue et une blanche. Comme ses uniformes !

– Voilà ton cadeau, chuchote-t-elle. Je l'ai rapporté du Canada spécialement pour toi. Joyeux Noël !

Martin en a les larmes aux yeux. Il donne son propre cadeau, choisi après mille hésitations : une perle sur une chaîne, blanche comme l'hiver et la neige de décembre. Marie-Décembre lui caresse furtivement la main et sort derrière sa mère…

Martin remonte un instant dans sa petite chambre, sous les combles. Mehdi l'attend devant sa porte. Le plongeur a congé, il s'est habillé pour sortir. Il s'assoit sur le lit de fer et claque des doigts en riant.

– Je file dans cinq minutes ! J'ai rendez-vous avec Louise-Louve. On va danser !

– Son père la laisse sortir avec toi pour Noël ? demande Martin avec une pointe de jalousie.

– Eh oui ! J'ai de la chance !

La porte s'ouvre en coup de vent et Louise-Louve fait une entrée triomphale. Elle porte un bonnet blanc à pompon rouge au lieu de son inévitable casquette.

– Mehdi ! Tu es en retard ! J'attends ! Je cuis, je grille, je grésille d'impatience !

– Elle ne peut pas se passer de moi ! rigole le plongeur.

Martin se détourne, les yeux baissés. Il se sent seul. Mehdi et Louise-Louve, un peu apitoyés, lui tendent un paquet. Martin l'ouvre et rosit de plaisir : il s'agit d'un des livres de son père, *Les Loups de glace*. Un livre sur le Canada, justement.

– Je le croyais épuisé ! s'exclame-t-il.

– Il l'est, répond Mehdi. Louise-Louve l'a cherché pendant des semaines chez les bouquinistes de Paris. On pensait que ça te ferait plaisir.

– Et comment !

– Et Marie-Décembre ? Elle t'a offert quelque chose ? s'informe malicieusement Louise-Louve.

Martin lui montre avec fierté le talisman indien.

– Et elle t'a écrit une lettre d'amour ? demande Louise-Louve, curieuse, en désignant l'enveloppe de Mme Desmoulins.

Martin se trouble. Le diamant, les chaussures neuves, l'invitation pour le Nouvel An... Tout se mélange dans sa tête. Il voudrait en parler à ses amis, mais pas aujourd'hui. Qu'ils profitent de Noël !

– On verra plus tard, assure-t-il. Filez et amusez-vous bien !

Mehdi et Louise-Louve quittent la chambre. Et Martin reste seul. Pour lui, les fêtes de Noël sont déjà finies.

Le garçon redescend au salon des cygnes et reprend son poste. Il sort encore une fois de sa poche l'invitation transmise par Mme Desmoulins :

Lord et Lady Lagardie vous prient de bien vouloir honorer…

Le garçon relève brusquement la tête et sursaute : le commissaire Langoisse l'observe en silence.

Ludovic Langoisse, le père de Louise, est un homme grand et mince, toujours très bien habillé. Il travaille pour Interpol, la police internationale, mais aussi à la Brigade criminelle. Il passe beaucoup de temps dans certains hôtels de la capitale, ceux que fréquentent de riches étrangers, des artistes… ou des voleurs internationaux qui se jouent des lois. Ce soir, il a simplement accompagné sa fille, mais il reste toujours très observateur.

Martin le dévisage avec inquiétude. Langoisse connaît peut-être le secret d'Alexandrine Desmoulins ? L'homme d'Interpol veut probablement l'arrêter. La mettre en prison.

Et alors…

Marie-Décembre ira en pension ou en foyer. Sans sa mère, elle sera perdue.

Martin pâlit et serre les poings. Lui n'est qu'un groom mais il la sauvera. Elle porte ses espoirs et ses rêves. Il la protégera coûte que coûte, même si le père de Louise devient son ennemi.

– Tu es inquiet, Martin? demande Langoisse soudain intrigué par l'expression farouche du garçon. Je le vois à ton visage. Pourquoi ?

Il tend la main. Martin recule mais l'homme, plus rapide, s'empare de l'invitation. Martin se mord les lèvres. Le commissaire le dévisage avec un mélange d'ironie et de tristesse :

– Félicitations, Martin.

– Pourquoi, monsieur? marmonne le garçon.

– Un simple groom invité par l'un des hommes les plus riches d'Europe, quelle fulgurante ascension sociale !

– Même un groom a le droit de s'amuser, non? répond le garçon d'un ton buté. Je vais à un bal masqué. C'est écrit sur le carton !

– Écoute-moi, Martin. Le duc est un personnage aimable, plutôt discret. Je sais que madame Desmoulins est revenue et je parie que l'invitation vient d'elle. Elle s'intéresse un peu trop à Ravensfield. Je la connais depuis longtemps, toutefois je n'ai jamais rien pu prouver contre elle. C'est une aventurière aussi dangereuse que séduisante. Je compte la surveiller de près. Je te préviens...

L'homme d'Interpol fixe très sérieusement Martin et ajoute d'une voix glaciale :

– N'assiste pas à cette réception.

– J'irai ! Il le faut ! s'exclame Martin.

– Tu as tort, insiste le policier.

– J'irai ! répète obstinément le garçon entre ses dents. Je sais ce que je dois faire !

La nuit du vol

Le soir du 31 décembre, il fait sec et très froid. La neige ne tombe plus. Les façades sévères de la rue Murillo ressemblent aux murs d'un palais endormi.

Les réverbères éclairent doucement la neige immaculée et les murs sombres. Assis à l'arrière de la limousine de Mme Desmoulins, Martin contemple l'hôtel particulier des Lagardie : un bâtiment de trois étages en pierre rose et grise.

Les immenses fenêtres s'ouvrent sur les grilles dorées du parc Monceau. Une fontaine Wallace couverte d'une mince couche de givre brille sous la lune.

Les propriétaires successifs ont laissé leur marque sur la demeure : des ornements de verre et d'acier, des bow-windows et des vitraux multicolores. Martin entrevoit une profusion de plantes exotiques qui s'épanouissent à l'abri de l'hiver.

L'heure du bal masqué approche. D'énormes voitures s'arrêtent l'une après l'autre. Des hommes en habit et des femmes en robe du soir, des adolescents et des enfants costumés en descendent. Au moment de quitter la limousine, Mme Desmoulins retient Martin par la manche.

– Ma copie du diamant est-elle bien au chaud dans ta poche ?

Le garçon acquiesce en rougissant imperceptiblement dans la pénombre.

Le véhicule s'éloigne sans bruit. La neige crisse sous les pas de Martin.

Marie-Décembre, costumée en Princesse des Neiges, porte une robe couleur de lune. Un cercle d'argent scintille sur ses cheveux blonds. Martin n'a pas eu besoin de se déguiser. Il est vêtu de sa tenue de groom. Il saisit brusquement la main de son amie et murmure :

– Tu mériterais d'habiter ici…

Elle lui sourit et pose un loup noir sur son visage. Le garçon se baisse et ramasse une boule de neige. Ses yeux brillent de malice. Il oublie le diamant et l'hiver, les projets d'Alexandrine Desmoulins et les menaces du commissaire.

– Attention ! Je vise ta couronne !

– Tu n'es même pas capable de toucher un ours blanc dans un couloir ! réplique-t-elle gaiement.

Mme Desmoulins sourit aussi, l'espace d'une seconde, puis son visage se fige. Elle met la main sur l'épaule du garçon et lui rappelle sèchement :

– Il est l'heure, Martin.

L'orphelin soupire et lance la boule vers la fontaine Wallace.

Manqué…

Ils présentent leurs invitations, pénètrent dans l'hôtel particulier et gravissent l'escalier d'honneur.

Les lustres flamboient. Les enfants costumés dansent à travers les salons. Martin, le vrai faux groom, reste dans son coin, les bras ballants. Il ouvre des yeux admiratifs. Maintenant il comprend pourquoi il lui fallait des chaussures neuves. Les enfants sont déguisés mais le moindre détail de leur tenue coûte une fortune. On aurait sûrement remarqué ses vieux souliers. Mme Desmoulins pense à tout : une véritable professionnelle !

Marie-Décembre, la Princesse des Neiges, rejoint Martin, le Groom Blanc, et danse longtemps avec lui. Il a l'impression que les arbres du parc Monceau écoutent la musique. Ils pressent leurs têtes énormes et gelées contre les fenêtres pour les regarder.

Martin fait la connaissance des enfants de Lord Benjamin, un garçon et une fille déguisés en pages de la Renaissance. Une de leurs cousines, une adolescente aux longs cheveux noirs habillée en pirate, valse au bras d'un jeune métis à la peau très brune, costumé en prince égyptien. Martin a l'impression de flotter dans l'un de ses propres rêves.

– Profite de la fête, lui glisse Marie-Décembre à l'oreille. Je suis heureuse de danser avec toi.

Mme Desmoulins bavarde avec les parents d'autres enfants mais en réalité, elle surveille sa fille et Martin. Et minuit sonne, comme dans les contes. Les carillons de Paris annoncent le Nouvel An. La Princesse écarte son loup de velours et embrasse le Groom Blanc :

– Bonne année Martin, et bonne chance !

Les enfants dansent toujours. Leurs costumes chatoient sous les lustres. Le garçon, un peu étourdi, s'appuie contre un mur. L'heure de Mme Desmoulins est arrivée.

Martin tâte les fausses clés dans sa poche. Il serre une dernière fois la main de Marie-Décembre et s'éloigne doucement. Il fend les groupes de jeunes danseurs, quitte la salle de bal, s'engage discrètement dans un couloir, traverse un salon désert, pénètre dans un nouveau corridor, plus étroit que le premier. Il sait exactement où il va.

Mme Desmoulins lui a donné un plan de l'hôtel particulier. Martin l'a appris par cœur.

Au bout du couloir, se trouve une porte fermée à clé. *La* porte !

Martin l'observe un moment, le souffle court. Il saisit la plus lourde des deux clés et l'introduit dans la vieille serrure. Il s'attend à des craquements et des grincements dignes d'une maison hantée, pourtant la porte s'ouvre facilement.

Le garçon avance avec prudence. Il fait sombre mais il possède une lampe de poche, guère plus grosse qu'un stylo : encore une précaution de Mme Desmoulins.

Un nouveau salon, puis un autre.

Martin s'arrête un instant. Il enlève vivement sa veste de groom et la cache sous un meuble. Il porte en dessous une chemise blanche et un gilet noir de domestique. Il met un nœud papillon, continue son chemin et se retrouve dans un vestibule très faiblement éclairé. Il glisse la lampe dans sa poche et respire un bon coup avant de vivre le moment le plus dangereux de son aventure.

Un dernier salon, rempli de monde celui-là, succède au vestibule. Martin frissonne. Si quelqu'un remarque son arrivée, il est perdu.

Heureusement, les invités s'attroupent autour des buffets surchargés de petits fours et de pâtisseries. Le plan de Mme Desmoulins se déroule à merveille. Il repose sur la *double* fête des Lagardie.

L'hôtel particulier est immense. Dans l'aile droite, Lord Benjamin Lagardie a organisé un bal masqué pour les jeunes.

Et dans l'aile gauche les deux frères reçoivent leurs invités : des banquiers et des aristocrates, des artistes célèbres et de grands musiciens venus de toute l'Europe. Martin repère un vieil homme au nez busqué, au regard perçant. C'est Drake de Vergara, le milliardaire sud-américain qui négocie l'Œil de Glace avec le duc. Martin a déjà vu sa photo dans les journaux.

Deux douzaines de serveurs circulent entre les buffets. Ils portent tous une chemise blanche, un gilet et un nœud papillon noirs. Il y a parmi eux quelques apprentis, des adolescents comme Martin.

Le garçon s'empare d'un plateau posé à l'extrémité du buffet. Il y dispose plusieurs flûtes de champagne et les propose aux convives en évitant le duc qui connaît son visage.

Le plan progresse toujours…

Première étape : être un jeune invité déguisé en Groom Blanc.

Deuxième étape : passer d'une fête à l'autre à travers les pièces désertes grâce à la clé du duc.

Troisième étape : se mêler aux serveurs, être capable de porter un plateau, de tendre des coupes de champagne sans en renverser une goutte.

Et maintenant… Martin doit subtiliser l'Œil de Glace avant que le duc le remporte à Londres où il l'enfermera dans la chambre forte d'une banque.

Là encore, Mme Desmoulins a tout envisagé : si des détectives privés se sont infiltrés parmi les invités ou surveillent l'hôtel particulier, ils ne peuvent se douter que le danger vient de la fête des jeunes.

Martin traverse la foule, son plateau à la main ; personne ne fait attention à lui.

Il quitte le salon brillamment éclairé, parcourt un vestibule et se retrouve dans un vaste bureau désert. Il sait, d'après le plan, qu'il s'agit de celui du duc. Il pose son plateau sur une chaise, se dirige droit vers un tableau qui représente un paysage anglais, le déplace et découvre un petit coffre-fort encastré dans le mur. Martin sort la seconde clé de sa poche et retient son souffle.

Il imagine le contenu du coffre : des liasses de billets, euros, livres ou dollars. Des papiers, des documents importants et surtout des écrins renfermant des joyaux, bagues ou bracelets, broches ou colliers. Et enfin, l'écrin de velours noir… l'Œil de Glace, la pierre fabuleuse des sultans de Samarkand !

Martin avance la main. Son cœur bat à tout rompre…

Il reprend son plateau, parcourt le chemin en sens inverse, quitte la fête des adultes, retraverse les salons déserts, enfile prestement sa veste de groom, et se mêle de nouveau au bal masqué des jeunes. Marie-Décembre, la Princesse des Neiges, l'attend un peu à l'écart, sur une vaste terrasse qui domine le parc Monceau.

– Tu l'as ?

Le groom ouvre la main : l'Œil de Glace scintille au fond de sa paume, comme une étoile. Les toits de Paris, couverts de neige, ressemblent à des mares gelées.

Mme Desmoulins le guettait dans l'ombre. Elle tend la main et s'empare du diamant.

La fête est finie.

La victoire de Martin

Mehdi ben Mourad et sa mère habitent un minuscule appartement dans le nord de Paris, au-dessus du canal Saint-Martin.

Martin aime beaucoup Mme ben Mourad. Ce jour-là, il lui demande d'inviter le commissaire Langoisse. Il lui doit des explications.

Mme ben Mourad offre du thé brûlant à ses hôtes. Mehdi et Louise-Louve, assis en face de Martin, n'en croient pas leurs oreilles.

Le commissaire lui-même a du mal à garder son sang-froid.

– Tu as fait *quoi* ? s'exclame-t-il d'un ton incrédule.

– J'ai donné l'Œil de Glace à madame Desmoulins, répond tranquillement Martin. Elle s'est envolée hier pour le Canada, avec Marie-Décembre... et le diamant.

Le groom soupire. Il ferme les yeux, se souvient de l'instant des adieux.

La longue limousine blanche attend rue de Seine, devant l'hôtel. Mme Desmoulins adresse à Martin un signe protecteur mais plutôt vague :

– Nous reparlerons de ta nouvelle vie lorsque je reviendrai.

– Bien sûr madame, murmure le garçon en s'inclinant.

Mme Desmoulins ne répond pas tandis que Marie-Décembre dévisage son ami d'un drôle d'air.

– Ça va, mademoiselle ?

– Eh bien... Je n'aurais pas cru que tu irais jusqu'au bout.

Elle semble déçue. Martin la regarde fixement mais garde le silence.

– Tu lui as donné l'Œil de Glace ? répète le commissaire Langoisse, songeur. Elle l'a emporté au Canada ?

– Euh... Oui et non. En réalité...

Le garçon plonge la main dans sa poche et en sort un objet qu'il pose sur la table. L'Œil de Glace !

– Et voilà ! s'exclame triomphalement Martin.

– Mais... mais comment ? bredouille Louise-Louve.

– Il y avait *trois* diamants, explique Martin. Le vrai, dans le coffre-fort de Lord Benjamin, le faux numéro un, qui appartenait au duc et le faux numéro deux, celui de madame Desmoulins. Je devais remplacer le vrai par le faux numéro deux. Et comme elle ne me faisait pas confiance, son diamant portait une marque minuscule.

– Et alors ? marmonne Louise-Louve avec une pointe de jalousie.

Cette histoire est digne d'un vrai roman policier. Elle regrette tant de ne pas y avoir participé !

– Je ne voulais pas voler le diamant, continue Martin, mais si j'avais rendu le faux à madame Desmoulins, elle aurait reconnu la marque. Avant d'aller à la soirée, je suis retourné dans la suite du duc et j'ai échangé le faux diamant de madame Desmoulins contre le faux diamant du duc. Et c'est celui-là que je lui ai donné. Elle n'avait pas le temps de le faire expertiser par un bijoutier. Elle partait au Canada par le premier avion !

– Tu l'as prise par surprise ! Tu n'es pas un apprenti voleur, mais un véritable prestidigitateur ! s'exclame Louise-Louve avec une franche admiration. C'est digne d'Arsène Lupin.

– Elle prépare ses opérations pendant des mois, continue Martin en rougissant de plaisir. Elle a sûrement corrompu des domestiques du duc afin d'obtenir les informations dont elle avait besoin. En tout cas, elle savait que le diamant ne resterait que quelques jours à Paris et connaissait l'endroit où le duc gardait ses clés.

– Attends ! proteste Mehdi. Tu as donné le faux diamant du duc à madame Desmoulins mais...

Il s'empare de l'Œil de Glace que Martin a déposé sur la table et l'examine d'un air soupçonneux.

– Et celui-là ?

– Il est faux aussi, bien sûr ! déclare Martin avec un sourire. Je résume : le vrai diamant est à l'abri dans le coffre-fort de Lord Benjamin Lagardie, qui est toujours resté fermé. Il le remportera bientôt à Londres, s'il ne le vend pas à Drake de Vergara. Le faux diamant du duc est parti au Canada avec madame Desmoulins et le faux diamant de madame Desmoulins est là, devant vos yeux. Je l'ai emprunté momentanément au duc pour illustrer mon histoire.

– Alors... alors finalement rien n'a changé ? réalise Mehdi.

– Non, rien n'a changé.

Martin s'interrompt un instant, l'air malheureux :

– Madame Desmoulins se rendra bientôt compte que son diamant est faux. Elle ne m'enverra pas étudier à Genève. Elle ne m'adoptera pas. Rien ne changera jamais pour moi...

L'orphelin a les yeux dans le vague.

– Et Marie-Décembre ne reviendra plus aux Quatre Saisons. Je l'ai perdue pour toujours.

Mehdi et Louise-Louve échangent un regard navré. Mme ben Mourad ébouriffe gentiment les cheveux du jeune groom et le commissaire lui pose la main sur l'épaule.

– Tu es un garçon bien.

Les jours suivants, Martin reprend la routine des Quatre Saisons. Il exécute les ordres des clients et leur sourit poliment malgré sa tristesse. Il transporte leurs valises ou balaie la neige devant la porte de l'hôtel. Il monte parfois dans la chambre de la comtesse de Garrivier et lui lit des poèmes à voix haute. La vieille dame l'écoute en silence. Martin la trouve gentille et généreuse, mais il pense sans cesse à Marie-Décembre. Il revoit cent fois par jour les derniers instants qu'ils ont passés ensemble.

Marie-Décembre le dévisage gravement :

– Voilà... Je pars.

– Je voudrais t'aider, te protéger. Où vas-tu ?

– Je l'ignore. Avec maman, on ne sait jamais.

Marie-Décembre avance la main et effleure sa joue, ses cheveux blonds.

– J'aime danser avec toi...

Elle monte dans la limousine, près de sa mère. La portière claque, la voiture démarre, s'éloigne...

Martin le rêveur ne croit plus aux contes de fées. Et pourtant ils existent parfois. Mais pas pour lui.

Jusqu'à ce qu'un matin, Mehdi entre en trombe dans sa chambre. Il tremble d'émotion et crie :

– Monsieur Sartahoui est à Paris. Il veut me voir ! Là, tout de suite ! C'est important !

– Où ça ?

– Au Quartier latin ! Viens avec moi ! s'exclame le jeune plongeur, trépignant de joie et d'impatience.

Les deux garçons quittent les Quatre Saisons, s'élancent le long de la rue des Quatre-Vents et se retrouvent dix minutes plus tard rue Monsieur-le-Prince, devant un rideau de fer baissé.

Martin, intrigué, lit à voix haute l'inscription en lettres noires :

LIBRAIRIE ORIENTALE
Romans – Poésie – Histoire

Mehdi entraîne Martin par une petite porte, sur le côté. Le magasin, tout en longueur, est rempli de livres entassés sur des étagères surchargées. De profonds fauteuils de cuir accueillent les clients. Martin remarque des rayons consacrés au russe et au turc, au chinois, à l'hébreu... et même au français ! Mais la plupart des livres sont en arabe ou en persan.

M. Sartahoui les attend. C'est un homme d'une quarantaine d'années aux mains solides, à la voix profonde. Mehdi le regarde avec beaucoup d'admiration, une sorte de ferveur.

– Monsieur Sartahoui a acheté cette librairie, explique-t-il à Martin. Il me propose de travailler pour lui. Il m'apprendra à classer les livres, à m'en occuper ! C'est formidable, non ?

Martin regarde les milliers de livres avec mélancolie.

Mehdi, brusquement inquiet, se tourne vers le nouveau libraire :

– Vous croyez que j'y arriverai ? Je n'ai pas appris grand-chose en classe.

– Je t'aiderai, promet M. Sartahoui. Je t'en sais capable. Alors tu acceptes ?

– Et comment ! s'écrie Mehdi en sautant de joie.

Il attrape Martin par les épaules.

– Fini la plonge ! Je quitte l'hôtel ! Tu ne m'en veux pas ?

– Bien sûr que non ! proteste Martin. Je suis très content pour toi.

C'est vrai. Et pourtant, Martin se sentira bien seul aux Quatre Saisons sans son ami.

Tant pis !

Martin frappe sur l'épaule de Mehdi et affirme d'une voix forte :

– Tu y arriveras !

M. Sartahoui devine peut-être son désarroi. Il lui serre longuement la main, comme à un adulte :

– Tu sais que je crois au destin. Le tien n'est pas joué. Je te souhaite bonne chance.

Martin le salue respectueusement et quitte la librairie.

Martin retourne à l'hôtel, la tête basse. Il regarde machinalement l'enseigne, les quatre arbres de fer forgé, puis passe la porte à tambour et se dirige vers le petit casier où il reçoit son courrier, près de la réception. Martin s'arrête, étonné : en général ce casier est vide, mais aujourd'hui...

Une enveloppe, un timbre inconnu... Un timbre canadien ! Martin pâlit, déchire fébrilement l'enveloppe et en sort une carte postale qui représente un glacier magnifique. On croirait un énorme diamant.

Mme Desmoulins n'a écrit qu'une phrase :

Félicitations Martin, et sans rancune !

Et juste dessous, deux mots de la main de Marie-Décembre :

Je reviendrai.

Vous pouvez retrouver
les aventures de Martin dans :

Un printemps vert panique
Un été bleu cauchemar
Un automne rouge sang

L'AUTEUR

Né à Strasbourg en 1958, **Paul Thiès** a fait escale à Buenos Aires, Madrid, Tokyo, Mexico, avant d'atterrir plus longuement à Paris. Féru de littérature en tous genres, il est aussi remuant que ses personnages, aime beaucoup les gares et les aéroports, rencontre volontiers ses lecteurs qu'il entraîne dans des aventures endiablées, dans des univers peuplés de héros aussi touchants que malins.

Il a déjà écrit beaucoup de livres pour les jeunes dans les collections de Rageot.

PAPIER À BASE DE FIBRES CERTIFIÉES

RAGEOT s'engage pour l'environnement en réduisant l'empreinte carbone de ses livres. Celle de cet exemplaire est de :
350 g éq. CO_2
Rendez-vous sur www.rageot-durable.fr

Achevé d'imprimer en France en mai 2016
chez Normandie Roto Impression s.a.s.
Couverture imprimée chez Boutaux (28)
Dépôt légal : avril 2007
N° d'édition : 5215 - 01
N° d'impression : 1602292